Ein Zivi im Asylbewerberheim

BRD – DDR – Europa

(1986 – 2016)

Bibliografische Information der Deutschen Nationalbibliothek:
Die Deutsche Nationalbibliothek verzeichnet diese Publikation in
der Deutschen Nationalbibliografie; detaillierte bibliografische
Daten sind im Internet über dnb.d-nb.de abrufbar.

TWENTYSIX – Der Self-Publishing-Verlag
Eine Kooperation zwischen der Verlagsgruppe Random House
und BoD – Books on Demand

© 2017 Mayer, Martin A.

Herstellung und Verlag:
BoD – Books on Demand, Norderstedt

ISBN: 978-3-7407-2698-0

Ein Zivi im Asylbewerberheim

BRD – DDR – EUROPA

(1986 – 2016)

1

Der Rettungshubschrauber landete neben der Gemeinschaftsunterkunft. Die Frau aus Sri Lanka lag ruhig auf einer Trage und war ansprechbar.

Für die Kuhwiese in dem Dorf war es vermutlich die erste Landung eines Hubschraubers.

Für die tamilische Asylbewerberin vermutlich der erste Flug in ein Krankenhaus.

Und der deutsche Zivi hatte soeben die erste große Tat seines Zivildienstes vollbracht.

Nun folgte die zweite – nicht ganz so großartige –, die darin bestand, die Asylbewerberin aus Sri Lanka samt der Trage über einen Weidezaun auf die Wiese zu befördern, da sich der Rettungshubschrauber diesen Platz wenige Minuten zuvor zur Landung ausgesucht hatte.

Was man dem Piloten des Helikopters keinesfalls verübeln konnte. Im Gegenteil, es war nicht nur der nächstliegende Platz – keine 50 Meter von der Gemeinschaftsunterkunft entfernt –, sondern auch der sicherste: der Zaun der Kuhwiese war nicht mit schwachem Strom geladen, auch nicht sonderlich hoch und hatte keine stacheldrahtigen Strukturen. Und die Kühe, ein gutes Dutzend schwarz-weiß-gefleckte Holstein-Rinder, grasten seit der Vorwoche auf einer anderen Weide; nicht mehr neben, sondern hinter dem Haus.

Zudem war es ein trockener, sonniger Mittwochnachmittag im Mai – und so gelang es dem Zivi, einer Ärztin, dem Piloten und einem Rettungssanitäter die Tamilin sicher über den Zaun und in den Hubschrauber zu befördern, der wenig später gen Kiel abhob.

2

Kurz nach dem Abflug des Rettungshubschraubers war auch der Leiter der Gemeinschaftsunterkunft wieder eingetroffen. Zusammen mit Osman, einem Familienvater aus Kurdistan und Hayle, einem Asylbewerber aus Äthiopien war er zum Großeinkauf in einem Nachbarort gewesen. Runde zwanzig bis fünfzig Kilogramm Nahrungsmittel beförderte er zwei- bis dreimal wöchentlich in seinem VW Passat Kombi in die Gemeinschaftsunterkunft. Wobei das Hauptgewicht die Milch- und Fruchtsaftkartons sowie Wasser- und Limonadenflaschen aus Aldi und Lidl ausmachten; teilweise stammten sie auch von Edeka oder REWE oder einem anderen Laden.

Osman hatte vier Kinder und eine Frau. Die Frau aus Sri Lanka hatte drei kleine Kinder und einen Mann. Eine Asylbewerberin aus Polen hatte eine Tochter. Sowie einen Freund, oder Bekannten, der sich mit dem

Mann aus Sri Lanka, dem Ehemann der Tamilin wohl nicht so gut verstand – wie der Zivi irgendwann später, Tage nach dem Abflug des Helikopters vom Heimleiter und der Küchenfrau erfuhr.

Der Äthiopier war dagegen ledig und schien sich weder für polnische noch asiatische Frauen zu interessieren. Hayle beschäftigte sich am liebsten mit Büchern – was ihn von den meisten Bewohnern der Gemeinschaftsunterkunft unterschied. Diese beherbergte etwa fünfundzwanzig Personen – aus drei Kontinenten.

Sieben Polen und ein ungarisches Ehepaar repräsentierten Europa. Ein jüngerer Mann aus Bangladesch, die fünfköpfige Familie aus Sri Lanka und die Türken bzw. Kurden vertraten Asien bzw. Kleinasien bzw. Anatolien.

Der belesene Äthiopier und ein Südafrikaner stellten die kleine afrikanische Fraktion. Aber den Asylbewerber aus Südafrika bekam der Zivi nur ganz selten zu Gesicht. Auch Hadschi, der wie Osman aus Kurdistan bzw.

der Türkei stammte, war eher selten in der Gemeinschaftsunterkunft zu sehen.

Ebenso wie jener Pole, der der Lebensgefährte bzw. Freund der Polin mit dem schulpflichtigen Kind war. Und sich irgendwann wohl einen Faustkampf mit dem „Tiger" aus Sri Lanka, dem Gatten der Tamilin geliefert hatte.

Aber das geschah vor der Ankunft des Zivi. Und es war in den knapp fünf Monaten, seit der Zivi in der Asylbewerberunterkunft seinen Dienst verrichtete, auch nie ein Thema gewesen.

3

Die meisten Nahrungsmittel musste der Leiter des Asylbewerberheimes nicht selbst einkaufen: sie wurden geliefert. Vor allem von einem Gastronomiegroßhändler. Zudem von einem Bauern aus dem Nachbarort, der mit seinem alten, weiß-cremefarbigen Diesel-Mercedes die Kartoffeln in die Unterkunft brachte.

Zudem kam wöchentlich der Brotmann. Wobei der Brotmann eigentlich kein richtiger Bäcker war, sondern ein recht freundlicher Herr mittleren Alters, der einen LKW-Führerschein und einen kleinen Sprachfehler besaß und täglich Brote und Backwaren für seinen Arbeitgeber, eine mittelgroße Bäckerei ausfuhr. Und eben einmal in der Woche auch die Gemeinschaftsunterkunft ansteuerte. Um wenige Minuten später - mit einer neuen Bestellliste für die nächste Woche in der Hand – die Asylbewerberunterkunft wieder zu verlassen: also wieder vom Hof fuhr - auf die Dorfstraße und weiter.

Was irgendwie auch Sinn machte. Da es in dem Dorf, in der sich die Asylbewerberunterkunft befand, keinen einzigen Laden, keine Bäckerei, kein Lebensmittel- und auch kein anderes Geschäft gab.

Es gab auch keine Schule oder Kirche, es gab eigentlich nur eine ziemlich lange Straße – und links und rechts davon standen Häuser, insgesamt wohl vier oder fünf Dutzend Gebäude, darunter mehrere Bauernhöfe.

In ihnen lebten Menschen. Teilweise auch Kühe, Hasen, Hühner. Manchmal konnte man auch eine Sau grunzen hören.

Aus der Schule, aus dem Geographie- bzw. Erdkundeunterricht hatte der Zivi noch die

Begriffe Haufen- und Straßendorf in Erinnerung. Seit März lebte er nun selbst erstmals in einem Straßendorf: bei einem alleinstehenden Landwirt, etwa fünf Minuten Fußweg von seiner Dienststelle, der Gemeinschaftsunterkunft für Asylbewerber entfernt.

„Sind Sie Perser oder Arier?", hatte der Landwirt und Vermieter ihn am Tag seines Einzugs in einem eher scherzhaften Tonfall gefragt.

Der Zivi wusste nicht mehr - wusste noch nicht -, dass Ethnologen die Perser und Nordinder zu den Ariern zählten.

Er wusste auch nicht, dass man in Norddeutschland teilweise noch mit Kohlebriketts heizte.

Und dass Hunderte von Gänse bald nach seinem Einzug, nur wenige Meter von seinem „neuen" Haus entfernt, ebenfalls Rast machen würden: allerdings nur für ein paar Stunden oder Tage, auf ihrem Weg zu ihrem Sommerquartier - in Skandinavien?

Für die Gänse war das Dorf wohl ziemlich ideal. Denn es gab einen recht großen See. Und direkt am Ufer reichlich grüne Wiesen - die für Kühe wohl zu morastig waren, für Gänsefüße und -Schnäbel aber perfekt.

Auch deshalb wurde diese Gegend wohl als Holsteinische Schweiz bezeichnet. Vor allem aufgrund der Gewässer, der zahlreichen Seen – wohl kaum wegen der Kühe, Rinder oder Zugvögel?!

Aber hohe, permanente Berge gab es keine im Dorf. So wenig wie in der Umgebung. Nicht einen einzigen richtigen Berg hatte der Zivi entdecken können, während seiner gesamten Dienstzeit nicht, die an einem Montag im Januar begonnen hatte, und in der er zwischen Hamburg und Kiel, zwischen Neumünster und Lübeck mehrere Hügel und viele, viele dunkle Wolken am Horizont und am Himmel gesehen hatte – und einige Seen und Flüsse darunter. Aber keine Erhebungen, die nur im Entferntesten an die Alpen erinnerten.

Auch bewegten sich in der Holsteinischen-Schweiz die Flüsse und Bäche ganz anders als die Wasserläufe, die er einst in Mittelgebirgen oder in der Schweiz vor Augen hatte: Im Tessin, in Schaffhausen oder Rheinfelden, in Bern oder Zürich schienen die Fließgewässer nicht nur heller, blauer, bewegter und sauerstoffreicher als in Schleswig-Holstein zu sein. Sie hatten auch eine Richtung – die man in sekundenschnelle erkennen konnte.

4

Viele Jahre nach Beendigung seines Ersatzdienstes – genau genommen an einem sonnigen Sonntag, dem 11. September 2016 - surfte der ehemalige Zivi auf ganz anderen, relativ neuen Wellen: im Internet.

Zu seiner Zeit – zu seiner Zivi-Zeit gab es das noch nicht. Selbst Computer gab es damals noch kaum: Normalsterbliche hatten keinen im Haus.

Und auch seine Gemeinschaftsunterkunft für Asylbewerber war – kommunikationstechnisch – vor allem mit Papier und Kugelschreibern und Textmarkern und Aktenordnern ausgestattet.

Allerdings befand sich im Büro des Heimleiters bereits – oder noch – ein grünes Telefon: mit Drucktasten.

Und mit einem Zähler.

In der Regel durften die Asylbewerber einmal pro Woche ein privates, kostenloses

Gespräch führen. Meistens war das samstags – wenn der Heimleiter oder die Küchenfrau viel Zeit hatten. Und vielleicht auch weil sich dann der Zähler nicht so schnell bewegte.

Manchmal konnten die Heimbewohner aber auch Freitagabends telefonieren. Osman wollte fast immer ins Saarland verbunden werden. Das heißt, in der Regel durfte er dann ganz alleine im Büro des Heimleiters Platz nehmen – und mit einem Onkel oder Cousin im Saarland sprechen.

Und Osman wollte wohl ebenfalls dort, im Saarland, wohnen. Das hatte er dem Heimleiter bereits mitgeteilt - und auch ein Sozialpädagoge, der öfters in der Unterkunft aufkreuzte, wusste davon. Und durfte bzw. musste Osman immer wieder darauf hinweisen, dass diese Entscheidung nicht in seiner Macht lag.

Der Heimleiter sprach in diesem – und ähnlichen - Fällen immer davon, dass er nur der *kleine Chef* sei.

Der größere Chef wäre in Kiel zuhause.

Und der *ganz große Chef* noch weiter weg. Vermutlich in Bayern, in Franken beheimatet – beim Bundesamt für Flüchtlinge.

Und das war wohl für die Anerkennung der Asylbewerber zuständig. Und auch für etwaige Umzüge der Flüchtlinge – innerhalb Deutschlands.

Was den ehemaligen Zivildienstleistenden am 11. September 2016 für einen Moment etwas nachdenklich stimmte, zumindest irritierte, waren die Gesichter, die er im Internet sah. Wobei er die Photos jener Personen bereits vor knapp 15 Jahren sah – weil sie nach den 9/11-Attentaten überall, nicht nur in US-Medien abgebildet waren.

Weil sie teilweise in Hamburg studiert hatten, teilweise in Florida lebten – und dort in einer Flugschule den Umgang mit Flugzeugen erlernten

Vor allem stimmte ihn aber nachdenklich, dass jene Attentäter irgendwie doch vielen Flüchtlingen ähnelten, die im September,

Oktober, November oder Dezember 2015 zu Hunderttausenden nach Deutschland strömten – meist über die Türkei, dann per Boot nach Griechenland, und weiter mit Bussen oder zu Fuß via Mazedonien, Serbien, Ungarn, Österreich …

Von der Balkanroute war die Rede, ist die Rede.

Aber die Gesichter der 2015-er-Refugees, der sogenannten syrischen Flüchtlinge hatten nur selten Ähnlichkeiten mit „seinen" Flüchtlingen – in dem Dorf in Schleswig-Holstein.

Die Gesichter der heutigen, der aktuellen Syrer, der Iraker, der Afghanen und Nordafrikaner ähnelten in vielen Fällen jenen Männern, die am 11. September 2001 in New York und Washington ziemlich unsanft landeten – und die Welt veränderten?!

Nicht dass es alles Zwillings-Brüder wären, die Hunderttausende, die seit dem Sommer 2015 aus dem arabischen Raum gen Europa strömten, und die 9/11er. Aber irgendwie gehörten sie der gleichen „Familie" an. Einer ähnlichen Sippe, der gleichen sunnitischen Religion, einer verwandten Kultur – oder Subkultur?!

Und viele Flüchtlinge sehen nicht viel anders aus als die Attentäter von Paris, von Brüssel, von Nizza.

Auch jene Refugees, die in Ansbach und Würzburg für Blutvergießen sorgten, hatten ähnliche Visagen, ähnliche Nasen, Augen, Frisuren, teilweise auch Bärte …

5

Osman hatte den Zivi einige Wochen nach dessen Dienstantritt zu einem Tee und selbstgemachtem Joghurt eingeladen. In seine Privatwohnung.

Die aus zwei Wohnräumen und einem Bad bestand.

Osman fand die beiden Zimmer zu klein – für seine Familie.

Die drei größeren Kinder – fünf, sechs und 10 Jahre alt – müssten sich ein Zimmer teilen, klagte er.

Das jüngste, zweijährige Kind nächtigte bei seinen Eltern – im Wohn- bzw. Schlafzimmer. Wo der Zivi auch das Joghurt probieren durfte.

Eigentlich hatte der Zivi versucht, sich um die Einladung zu drücken – zumindest um den gastronomischen Teil. Aber seine Ausrede, dass er zu Mittag bereits eine

Riesenportion Kartoffeln und dazu einen Teller Reis gegessen hätte und dass es bald Abendbrot gäbe, schien die Gastgeber nicht zu überzeugen. Und schließlich verstanden sie sich ja recht gut – und Spaßverderber wollte er auch nicht sein.

Der oder das Joghurt schmeckte ihm gar nicht schlecht. Vielleicht war es von der gleichen Güte, wie jene Erzeugnisse, die er hin und wieder in 150 Gramm Bechern kaufte. In der Regel mit 3,5 oder 1,5 Prozent Fettanteil. Und nicht selten mit einer fruchtigen Note.

Was ihm bzw. seinen Sinnen etwas mehr Probleme bereitete war vermutlich weniger das Aroma der selbst zubereiteten Milchspeise, als vielmehr der Duft in jenem Wohn- und Schlafraum, der davon Zeugnis ablegte, dass dort eine mehrköpfige Familie samt Kleinkindern und Windeln lebte – und zwar schon länger als ein Jahr.

6

Auch der Tamile hatte den Zivi einst zu sich eingeladen: wenige Wochen nachdem dessen Frau mit dem Rettungshubschrauber davongeflogen war. Der „Tiger" bot ihm einen Whiskey an. Vielleicht auch, weil er zwischenzeitlich davon erfahren hatte, dass der Zivi an der Rettungsaktion seiner Frau maßgeblich beteiligt war.

Denn der tamilische Familienvater hielt sich gerne in anderen Ortschaften und Asylbewerberheimen auf.

Wie Osman und die kurdische Familie hatten die Tamilen ebenfalls zwei Zimmer und ein Bad für sich.

Der Hauptunterschied bestand darin, dass sich die Wohnung der Familie aus Sri Lanka nicht im EG, sondern in der ersten Etage befand – und eines der beiden Zimmer Richtung Hof blickte.

Das Bild mit jenem Fenster – mit zwei kleinen Kindern auf der Fensterbank – hatte der Zivi auch viele Jahre danach noch im Gedächtnis. Es war sein erster Eindruck – als er an jenem trüben Januarmontag zum ersten Mal die Asylbewerberunterkunft in Augenschein nahm.

Es muss wohl am späten Vormittag gewesen sein, denn als er in das Haus eintrat, saßen gleich links neben der Tür an einem Tisch zwei Personen, die nicht so richtig nach Flüchtlingen aussahen – zumindest nicht nach fremden Asylbewerbern. Und die dort auch nicht so häufig Platz nahmen.

Später entpuppten sich die beiden als Ungarn. Sie war Lehrerin – und sprach auch schon recht gut Deutsch. Er war Ingenieur, und hatte irgendwie die Gängelei der Kommunisten satt?

So genau erfuhr der Zivi die Fluchtgründe der beiden Ungarn nie – aber manchmal, an Ostern oder Pfingsten, kamen ihre beiden Kinder zu Besuch in die Asylbewerberunterkunft.

Deren Eltern glaubten nicht, dass die Gemeinschaftsunterkunft für ihre Kinder ein idealer Ort wäre. Weshalb sie Hunderte von Kilometer entfernt der Schulpflicht nachkamen.

Die erwachsenen Ungarn waren zudem die beiden einzigen Bewohner der Gemeinschaftsunterkunft, die den Zivi etwas zu bemitleiden schienen. Der Ingenieur fand es befremdlich, dass ein Land seine Söhne erst 13 Jahre zur Schule schickt, um sie dann für 20 Monate in ein Asylbewerberheim zu stecken.

Der Zivi erklärte ihm, dass er auch 15 Monate Militärdienst hätte leisten können.

Aber dass er nach seiner Schulzeit einige Wochen im „Ostblock" gewesen sei, sich in der DDR, in Tschechien, der Slowakei und in Ungarn umgesehen hätte. Und dass er es ohnehin und grundsätzlich vorzog, seine Freunde und Feinde ganz alleine zu bestimmen.

Zu erkennen. Zu definieren.

Und sich – gegenüber weniger freundlichen Figuren – gegebenenfalls auch zu wehren. Ganz ohne Ratschlag oder Befehl aus Bonn, aus Bayern, oder von sonst einem kleinen oder großen Chef.

7

Die Kinder des ungarischen Ehepaares lebten in einem Internat im Süden Deutschlands, die meiste Zeit des Jahres also getrennt von ihren Eltern. Was dem elfjährigen Sohn etwas Probleme bereitete, jedenfalls mehr als der etwas älteren Tochter – wie die ungarische Mutter erklärte.

Der Ingenieur lernte vor allem in seiner Wohnung, hin und wieder aber auch im Gemeinschaftsraum gemeinsam mit seiner Frau die geschriebenen und mündlichen Formen der deutschen Sprache – insbesondere mit Hilfe eines Lehr- und Wörterbuches. Ab und zu gesellte sich auch der Äthiopier dazu, und auch der Zivi half gelegentlich, beispielsweise beim gemeinsamen Mittagessen, ein wenig bei den Übersetzungen.

Dass der ungarische Teilzeit-Familienvater nur kleine Fortschritte beim Spracherwerb machte, konnte der Zivi gut verstehen. Während eines Aufenthaltes am Plattensee und in Budapest im Sommer zuvor hatte er es ziemlich schnell aufgegeben, Ungarisch zu erlernen. Mehr als eine Handvoll Wörter hatte er im Zeitraum von rund drei Wochen in seinem Gedächtnis nicht abspeichern können. Und nach einem Jahr konnte er sich nur noch an ein oder zwei Ausdrücke korrekt erinnern.

Hayle, der Äthiopier, war in Sachen Spracherwerb wohl etwas begabter – oder motivierter? – als der ungarische Ingenieur. Allerdings war er auch erst Anfang Dreißig, und somit mehr als ein Jahrzehnt jünger als das Ehepaar, das 1986 die Grenze in den Westen, nach Österreich überschritt.

Hayle schien auch nebenher noch „richtig" zu studieren. Laut eigenen Angaben hatte er bereits in Äthiopien ein Pharmaziestudium absolviert. In Deutschland war er an einer Fernuniversität eingeschrieben. Um sich weiterzubilden – oder seine Kenntnisse gemäß deutschen Vorschriften zu vertiefen und zu beweisen?

Jedenfalls war Hayle immer gut gekleidet. Fast täglich trug er einen gut gebügelten Anzug und ein weißes Hemd; zumindest einmal pro Woche auch eine Krawatte.

Dann ging es in der Regel zu einer Versammlung der Neuapostolischen Kirche. Wobei an jenem Abend dann meistens zwei Fahrzeuge vorfuhren – um neben Hayle auch die kurdische Familie mitzunehmen, und später wieder zurückzubringen.

Auch Osman trug dann seinen besten Anzug – wie er überhaupt fast immer Anzüge trug. An normalen Tagen allerdings meist blaue, beige oder braune, die wohl aus einer Kleiderkammer stammten – jedenfalls nicht unbedingt für ihn maßgeschneidert waren.

Seine Frau trug dagegen meist recht bunte Kleider, und ziemlich lange Röcke. Hin und wieder auch ein Kopftuch.

Den ungarischen Ingenieur konnte man dagegen häufig in bequemen Jogginghosen sehen. Seine Frau ebenfalls – allerdings waren ihr Oberteil und die Hose farblich abgestimmt: und tendierten nicht zu grau, sondern mehr in Richtung pink oder rosa.

Der Zivi trug fast immer Bluejeans, mehr oder weniger ausgewaschene. Genauso kleidete sich der polnische Schiffskoch. Und das junge Pärchen, für die Schleswig-Holstein nur ein Zwischenstopp darstellen sollte: die beiden wollten weiter in Richtung Nordamerika – und investierten deshalb mehr Zeit in das Erlernen bzw. Vertiefen der englischen Sprache.

Die Tamilin trug dagegen immer ein Baumwoll- oder Seidengewand, oft in orangenem Farbton.

Ihre Kinder – die fast immer als Doppel und zu jeder Jahreszeit häufig am Fenster standen – machten ebenfalls einen gepflegten Eindruck. Schuhe schienen sie nicht so gern zu tragen. Aber im Gemeinschaftsraum sah man sie fast nie: meistens spielten sie wohl auf dem Teppich, in ihren eigenen vier Wänden.

Die allerdings sehr gut geheizt waren, wie der Zivi bei seinem Besuch auf Einladung des „Tigers" feststellen konnte.

Und im Sommer hieß es dann, dass sie das Asylbewerberheim verlassen dürften. In Eckernförde sollten sie eine eigene Wohnung bekommen.

Der „Selbstmordversuch" der Tamilin hatte bei irgendwelchen Behörden zu dieser Entscheidung geführt?

So genau wusste es der Zivi nicht. Jedenfalls machten die beiden Tamilen einen recht glücklichen Eindruck, als sie von der neuen Kunde erfuhren. Und luden den Zivi ein, sie doch dort mal zu besuchen.

Der Zivi entgegnete, dass ihm eine Einladung nach Sri Lanka eigentlich noch willkommener wäre. Er hatte schon viele schöne Bilder gesehen – und nicht nur die Strände und Palmen erschienen ihm noch eine Spur reizvoller als die naheliegende Ostseeküste; die zweifellos auch ihre hübschen Ecken hatte.

Und der Zivi sagte das alles ohne böse Hintergedanken. Ganz ohne Ironie – oder gar Zynismus.

Zudem befand er sich in einer, nun, man könnte vielleicht sagen in einer leichten und frühen buddhistischen Phase? Jedenfalls war es keine richtige christliche mehr. Der erste Besuch bei der Neuapostolischen Gemeinde – gemeinsam mit Hayle und den Kurden - war zwar ganz nett und harmonisch verlaufen: aber sofern Religion nicht nur einen sozialen oder zwischenmenschlichen Aspekt bzw. Kern besaß …

8

Das religiöse Seelenleben des ungarischen Ehepaares war so wenig ersichtlich wie das der Tamilen.

Der Tamil-Tiger schien eher politisch als spirituell geprägt. Er mochte Whiskey und ähnliche Getränke, gutes Essen – und manche, fast alle Frauen eigentlich deutlich mehr als osteuropäische Männer. Und er bezeichnete sich selbst und nicht selten mit einem strahlenden, ganz und gar nicht unsympathischen Lächeln als „Tai-ga". Was eher nach der englisch-tamilischen als einer schlesisch-hohlsteinigen Phantasy-Aussprache klang – als Bezeichnung oder Selbstinszenierung für jene „Kämpfer" im Norden des südasiatisch-tropischen Bürgerkriegslandes.

Auch der Heimleiter machte aus seiner religiösen Überzeugung keine Mördergrube. Große und kleine Autos und ein intaktes Familienleben interessierten ihn weitaus mehr als irgendwelche komischen Ideen – wie er es nannte.

Ein weiterer Bewohner, der sich aber nur selten im Gemeinschaftsraum aufhielt, trug einen Bart; und unterhielt sich gewöhnlich nur mit Osman und der übrigen kurdischen Familie. Vermutlich sprachen sie auch über religiöse Themen – und die wöchentlichen Ausflüge der Landsleute mit und zu den neuen Aposteln. Der Bartträger tat das aber exklusiv in einer Sprache, die dem Zivi, den Ungarn, den Polen und den Tamilen unverständlich war.

Wenn er zwischen 17:00–18:00 Uhr im Speisesaal auftauchte, bekam der bärtige Asylbewerber eine Fischkonserve aus den Händen der Küchenfrau.

Manchmal auch zwei; vermutlich dann, wenn er es verlangte - und wenn er am Vorabend seine Portion nicht abgeholt hatte?!

Der Zivi hatte keinen Zugang zu ihm gefunden – allerdings auch nicht gesucht.

Der Bartträger, der wohl aus dem Westen oder der Mitte Anatoliens stammte, war wohl wie Hadji und der alleinstehende Mann aus Bangladesch ein Muslim. Oder Moslem. Oder Mohammedaner.

Wobei Hadji fast immer ein nettes Wort oder ein Lächeln auf den Lippen hatte. Und bei gutem Wetter auch mal zum gemeinsamen Fußballspielen auf einer Wiese am Rande des Dorfes auftauchte.

Das tat der Bartträger nie.

Hayle zwar auch nicht, was aber eher daran lag, dass er eine Art Stubenhocker bzw. eine Leseratte war – und seine sportlichen Künste niemandem beweisen wollte …

Auch der Südafrikaner, der ein Zimmer in der Gemeinschaftsunterkunft hatte, beteiligte sich nie an irgendwelchen gemeinsamen Aktivitäten. Was aber daran lag, dass er eigentlich nie zu sehen war. Vermutlich lebte er überwiegend bei Freunden oder Bekannten in der Großstadt, in Hamburg oder Kiel.

9

Ein alleinstehender Mann aus Bangladesch kam etwa einmal pro Monat in seine ehemalige Unterkunft. Es hieß, dass er ein ausgezeichneter Badmintonspieler sei – und in einem Nachbarort auch in einem Sportverein aktiv und integriert wäre. Und eine deutsche Freundin hätte.

Mit dem Zivi spielte er nur einmal für ein paar Minuten etwas Federball auf dem Hof. Und wenn er mal zum Fußballspeilen auftauchte, stand er im Tor. Oder saß dahinter, oder daneben - auf der Wiese.

Unfreundlich war er zu niemandem, aber irgendwie schien er etwas depressiv zu sein; oder an anderen psychischen Problemen zu leiden.

Dass der junge Mann aus Bangladesch im Sommer einen Nervenzusammenbruch erleiden würde, kam etwas überraschend. Weder Heimleiter noch Küchenfrau noch

Sozialpädagoge hatten es vorausgesehen. Oder doch?

Für den Zivi war der psychische Zusammenbruch des südasiatischen und ehemaligen Heimbewohners, der aber nun eine eigene Unterkunft sein eigen nannte, eine ziemlich spannende, faszinierende Angelegenheit.

Seit dem Rettungs-Hubschrauber-An- und Abflug im Mai war es der Höhe- bzw. Tiefpunkt seines eher und zunehmend monotonen Alltags.

Zwar hatte er im späten Frühling ein neues Aufgabengebiet erhalten, dufte die beiden „mittleren" kurdischen Kinder fast jeden Morgen mit dem Rad in den Kindergarten bringen, und gegen zwölf Uhr auch wieder abholen, aber ansonsten prägten überwiegend Kartoffelschälen, Spül- und Küchenarbeiten den Zivi-Arbeitsalltag.

Nicht dass er sich acht oder zehn Stunden lang täglich verausgaben musste – aber eine

Anwesenheit von 7:30–18:30 Uhr in der Asylbewerberunterkunft war Pflicht. Lediglich zwischen 13:30–15:00 hatte er eine längere Pause. Und der Dienstplan sah vor, dass er nur jedes zweite Wochenende frei bekam.

Dann musste er drei Tage lang nicht mit der Küchenfrau reden – oder zum Hundertsten Mal *Ella-elle-l'a-est-là* im Radio hören.

Wobei das Gerät mit den Lautsprechern täglich vier bis neun Stunden in der Küche plärrte. Und wobei er das Lied - als Single-Phänomen - eigentlich für wohlklingender und weniger nervig hielt als seine Mitarbeiterin, seine Vorgesetzte …

Die über Wochen und Monate ähnlich präsent war wie die ostanatolische Familie. Die Kurden hielten sich aber deutlich mehr auf dem Hof und in den Gemeinschaftsräumen auf – und nicht in der Küche. Und gaben ihm auch keine Anweisungen, was er zu tun hätte.

Es sei denn, sie wussten, dass der Zivi die Küche alleine managte – was abends und am Wochenende hin und wieder geschah. Dann erbaten sie Zutritt – und nahmen sich ein wenig Honig, Konfitüre oder eine Handvoll ähnlich kleiner Frischkäseportionen samt Brot aus diesem oder jenem Regal. Im Grunde genau jene Produkte, die den kurdischen Asylbewerbern ohnehin zustanden – und an jedem Morgen Punkt 8 Uhr auf dem Tresen standen; allen Bewohnern zum Frühstück angeboten wurden.

Was aber nicht hieß, dass dann alle Mann auf der Matte standen. Zumeist war die Frau aus Sri Lanka die erste am Buffet – und ging mit einem Tablett, auf dem sich auch zwei Thermoskannen Schwarztee befanden, wieder zu ihren Kindern.

Danach kam meist der Ungar zum Frühstück. Nahm seine Portion mit – meistens auch jene für seine Frau.

Auch die alleinerziehende polnische Frau erschien häufig vor 8:30 Uhr. Ihre Tochter hatte sie da schon längst mit einem Pausenbrot zum Schulbus gebracht – wobei jener nur wenige Schritte entfernt hielt.

Auch das älteste kurdische Kind durfte mit dem Bus in die Grundschule fahren.

Weshalb Osman der Meinung war, dass auch seine beiden mittleren Kinder per Bus in den Kindergarten gebracht werden sollten.

Der Sozialpädagoge, der auch die Fahrräder für die Asylbewerber aufgetrieben hatte, erklärte ihm aber, dass ein Schulbus nicht zwingend ein Kindergartenbus wäre …

Und dass er doch bitteschön selbst morgens seinen Kinder Nummer Zwei und Drei in den Kindergarten bringen könnte.

Was Osman auch einige Wochen lang tat. Anfangs täglich, dann drei bis viermal die Woche. Danach eher seltener.

Worauf der Zivi sich als „Fahrrad-Kurier" anbot. Allerdings scheiterte sein Vorschlag fast am Veto der Küchenfrau. Die wollte ihn lieber an der Spülmaschine, bei den Kartoffeln und in Rufweite haben …

Aber der Zivi hatte ihr – und dem Heimleiter – hoch und heilig versprochen, lediglich die beiden Kinder kurz in die Kita zu bringen, um dann sofort die Rückreise gen Gemeinschaftsunterkunft und Spülmaschine anzutreten. Bei einer Entfernung von knapp fünf Kilometern pro Strecke glaubte er, dass eine Tour in einer guten halben Stunde zu schaffen sei. Sofern der Wind nicht zu sehr blies.

Der Heimleiter war schließlich überzeugt – und die Küchenfrau maulte etwas; was sie aber ohnehin gern und fast täglich tat.

Allerdings nicht wegen dem Zivi oder Osmann. Wobei auch sie vom kurdischen Papa erwartete, dass der sich zumindest um die Hälfte seiner Kinder kümmern könnte – wenigstens am Vormittag. Und solange er nicht irgendwelche Jobs hatte - was aber selten der Fall war.

Laut Heimleiter sollte das Experiment zunächst bis zu den Sommerferien dauern. Danach würde man Bilanz ziehen – inwieweit die Fahrrad-Pendeldienste des Zivis mit der Küchenarbeit zu vereinbaren wären.

Genau genommen einigte man sich dahingehend, dass Osman und der Zivi sich täglich abwechseln würden. Montags müsste der Zivi auf jeden Fall ständig im Haus bleiben – auch weil dann der Brotmann kam. Und an jenen Tagen, an denen ein weiterer Großhändler mit der Tiefkühlware vorfuhr und der Zivi beim Ausladen und Verräumen helfen musste, war Osman ebenfalls der entscheidende Faktor, ob seine älteste Tochter und sein zweitältester Sohn den evangelischen Kindergarten besuchen durften.

Wobei der Sozialpädagoge auch in diesem Fall als diplomatischer Vermittler auftrat. Und den kurdischen Familienvater daran erinnerte, dass er nicht nur für dessen Kinder Fahrräder besorgt hatte.

10

Der Sommer kam – und ging.

Die Rapsfelder leuchteten zwar nicht mehr so gelb wie im Frühjahr, aber dafür war das Wasser in den Seen heller geworden. Und vor allem wärmer.

Ein Biologe, der in Nachbarschaft mit dem Zivi, genau genommen im DG des bäuerlichen Vermieters im Dorf wohnte, hielt die Seen der Region zwar für total überdüngt. Aber ein Bad hatte er sich auch mal gegönnt.

Seine Frau ebenfalls.

Und die Enten natürlich täglich.

Während von den Gänsen im Sommer nichts mehr zu sehen war.

Vermutlich würden sie im Herbst wieder vorbeischauen?

Zu einem Zeitpunkt, da der Zivi nicht mehr in Schleswig-Holstein weilen wollte.

Zumindest nicht als Zivildienstleistender in einer Gemeinschaftsunterkunft für Asylbewerber.

Er glaubte, dass es noch andere Aufgaben für ihn geben könnte – geben sollte – geben müsste.

Notfalls in einem Altenpflegeheim.

Damit würde er sein Versetzungsantrag begründen.

Und mit dem Hinweis, dass die Flüchtlinge ja auch alleine kochen oder Kartoffeln schälen könnten.

Dass er sich etwas fehl am Platz fühlte, eher als Aufpasser sähe – für die „überflüssige" Gemeinschaftsernährung …

11

Es war ein heißer Augusttag. Zumindest für norddeutsche Verhältnisse. Letztlich hatte der Wetterbericht maximal 31 oder 32°C vorausgesagt.

Die tamilischen Kinder mochten die warmen, sonnigen Tage. Ihre Mutter und der Vater ebenfalls.

Drei Monate waren seit dem Flug des Rettungs-Hubschraubers vergangen.

Drei relativ ruhige, friedliche Monate.

Nur Bauer, sein Vermieter, hatte sich mal beim Zivi beklagt, dass sich der Biologe und seine Frau oft und laut streiten würden – auch zu später Stunde.

Und in der Asylunterkunft hatte der Bauer auch mal angerufen – um den Zivi daran zu erinnern, dass er laut Mietvertrag den Rasen mähen müsste.

Vermutlich wollte der Bauer aber nur wissen, was für eine Person – Perser, Arier,

Frau oder Zivi – sich am anderen Ende der Leitung melden würde.

Des weiteren kannte der Zivi den Mietvertrag gar nicht – denn der wurde wohl zwischen dem großen Chef in Kiel und dem Vermieter geschlossen. Und ihm nie ausgehändigt.

Dafür bekam der Zivi abends dann noch eine Sense in die Hand gedrückt. Der Bauer machte es ihm vor. Man konnte tatsächlich Gras damit mähen. Ganz ohne Benzin oder Elektrizität.

Im Juni und Juli hatte der Bauer einige Kühe in Pension. Auf der Wise, direkt vor seinem Haus. Der Biologe meinte, es seien viel zu viele – für das Grundstück, das keinen halben Hektar maß.

Aber der Bauer zeigt dem Zivi ein Buch, in dem genau stand, wie viele Groß- und Kleinvieheinheiten pro definierte Fläche weiden durften.

Restlos überzeugen konnte der Bauer den Zivi aber nicht.

Den Biologen wohl noch weniger.

Und den Besitzer der Kühe vermutlich auch nicht.

Denn bald gingen die Kühe wieder. Und dort, wo Mitte Juli eigentlich mehr Kuhfladen als Grünzeug das Terrain prägten, wuchs im August tatsächlich wieder richtig hohes – oder mittelhohes Gras.

Eigentlich war das Dorf ja ziemlich ruhig und friedlich.

Die Küchenfrau erwähnte allerdings hin und wieder, dass ihre beiden Söhne bei der Bundeswehr seien.

Der Zivi wollte sie irgendwann fragen, weshalb ihr Mann bereits vor Jahren das Weite gesucht hätte?

Aber die ungarische Asylbewerberin, die den Dialog mitbekam, gab dem Zivi mit Mimik und Gestik zu verstehen, dass nicht alle Verhaltensweisen bzw. Krankheiten mittels Gesprächstherapie zu kurieren wären.

Ansonsten blieb es ruhig – im Haus.

Die einzige richtige Schlägerei in der Asylunterkunft lag über ein Jahr zurück – zwischen den Herren Tai_ga und Polonia_dignidad.

So hatte der Zivi die beiden kräftigen Herren getauft – später, nach seinem Zivildienst, als ihn Bekannte und Freunde fragten, weshalb er eigentlich nicht gleich in ein Altenpflegeheim gegangen sei. Oder Essen-auf-Rädern für das Rote Kreuz oder die Malteser aufgefahren hätte …

Aber für den Zivi war nach der langen und „langweiligen" Schulzeit klar, dass er ein wenig die Welt kennenlernen musste.

Und dass politisch Verfolgte Asyl genießen sollten – daran glaubte er zu seiner Schulzeit auch. Ein wenig zudem an den Pazifismus.

Eigentlich war eher sein Vater ein Freund des Boxsports. War in jungen Jahren angeblich nachts aufgestanden, um Max Schmeling zu sehen. Oder Joe Louis? Für Muhamad Ali war er dann zu alt?

Nun, der Kampf im Asylbewerberheim in der Holsteinischen Schweiz in den 80er Jahren wurde nicht im TV übertragen. Auch nicht von irgendwelchen Super 8-Kameras festgehalten

Wobei es ein großer, ein fairer Kampf gewesen sein muss: ohne Messer oder andere Hilfsmittel. Ein echter Box-, Ring- und Faustkampf: unter Männern, die beide zudem der gleichen Gewichtsklasse angehörten: 85–95 kg.

Der Zivi hätte dem Fight gerne beigewohnt.

Aber er hatte nur davon gehört.

Vielleicht würde ihm der Tamile mal davon berichten?

In Abwesenheit von seiner Frau.

12

Auch von einem Brand in einem anderen Asylbewerberheim, keine dreißig Kilometer entfernt, war damals zu hören. Aber es wurde niemand verletzt – und der Sachschaden an der Fassade bzw. an einem Schuppen, in dem lediglich Fahrräder und Müll lagerten, war gering.

Mit den Ungarn hatte der Zivi mal darüber gesprochen.

Bedroht fühlten sich die Lehrerin und der Ingenieur nicht. Aber ihre beiden Kinder sollten weiterhin in dem Internat in Süddeutschland bleiben.

Und dass so viele Flüchtlinge aus fernen Kontinenten nach Deutschland kämen, machte sie auch etwas ratlos.

13

Offiziell durfte der Asylbewerber aus Bangladesch nicht mehr an dem gemeinsamen Mittagessen teilnehmen. Denn er wohnte ja nicht mehr in der Gemeinschaftsunterkunft, war entweder anerkannter Flüchtling oder zumindest offiziell geduldet – und bekam folglich auch Geld für sein Essen in den eigenen vier Wänden.

Meistens trank er auch nur einen Tee oder Kaffee, wenn er in der Gemeinschaftsunterkunft zu Besuch war. Oder nahm eine kleine Portion Reis zu sich. Davon war fast immer etwas übrig.

Er war an jenem Sommertag weder sonderlich gesprächig noch hungrig. Und durstig war er auch nicht. Das Angebot der Küchenfrau, noch einen Tee zu kochen, lehnte er ab.

Dass er sich kurz darauf eine leere weiße Porzellanasse vom Buffet nahm und damit im Raum auf und ab ging, war etwas sonderbar, aber für die meisten Beobachter noch nicht besorgniserregend.

Erst als die Tasse auf dem Boden zerschellte, richteten sich mehrere Blicke auf ihn.

Da er keinerlei Reaktionen der Überraschung oder des Bedauerns aussendete, erhöhte die Spannung im Raum.

Als er sich eine weitere Tasse am Tresen nahm, diese kurz darauf ebenfalls in die Luft warf und ebenfalls am Boden zerschellen ließ, animierte die Küchenfrau, ins Bürozimmer zu eilen, um den Heimleiter von den Vorfällen zu unterrichten.

Während der Zivi aus der Küche in den Speisesaal schritt, um weitere Scherben zu verhindern.

Denn er glaubte in diesem Moment nicht, dass diese Glück bringen würden …

Die nächste Tasse konnte er im Flug fangen.

Auch zwei weitere Tassen konnte er vor dem Aufprall am Boden retten.

Wobei ihm zugute kam, dass der Asylbewerber aus Bangladesch die Tassen zunächst bis fast an die Decke hochwarf.

Und somit eine gewisse Zeit verging, bis die unschuldigen Objekte den Wendepunkt erreichten – und dann langsam aber sicher mit zunehmender Geschwindigkeit Richtung Fußboden strebten.

Die Küchenfrau war zwischenzeitlich mit dem Heimleiter aus dem Büro in den Speisesaal zurückgekehrt. Und obwohl sie sonst viel und teilweise recht laut sprach, kam ihr kein Ton über die Lippen. Stattdessen nahm sie das Tablett mit den restlichen Tassen – einem halben Dutzend - vorsorglich vom Tresen und verschwand in der Küche.

Die Ungarin nahm die Tee- und Kaffeekannen, und verschwand ebenfalls in der Küche.

Während der Heimleiter ein paar relativ ruhige Worte an den Asylbewerber richtete – und bat ihn, vor die Türe zu gehen.

Was der Mann schlanke Asylbewerber auch tat. Und zwar ohne dass es zu irgendwelcher körperlichen Gewalt gekommen wäre.

Der Zivi fragte den Heimleiter, ob das Spiel ein Ende hätte? Oder ob es eine Fortsetzung gäbe.

Der Heimleiter zuckte mit den Schultern. Ging in sein Büro zurück – und griff zum Telefon.

Wenige Minuten später trat der Tassenwerfer aus Bangladesch wieder ein – mit der Begründung, er müsse auf die Toilette.

Dorthin ging er auch tatsächlich.

Allein die Töne, die nach drei, vier Minuten durch die Tür drangen, ließen den Verdacht aufkommen, dass da ein tüchtiger Handwerker am Werk sei.

Der Heimleiter und der Zivi öffneten die äußere, unverschlossene Türe der

Herrentoilette und sahen, wie der Asylbewerber mit einem spitzen Gegenstand auf die Kacheln neben dem Waschbecken einhämmerte.

Einige Bruchstücke der Fliesen lagen am Boden. Der Spiegel über dem Waschbecken war noch unbeschädigt.

Ein halbe Stunde später fuhr der Sozialpädagoge vor.

Und kurz darauf kam ein weiteres Auto, aus dem eine Frau und ein Mann stiegen.

Sie waren noch nie in der Asylbewerberunterkunft. Es waren wohl zwei Ärzte.

Nach einer weiteren halben Stunde und nach einigen Telefonaten und Gesprächen waren sich alle Beteiligen – inklusive des Asylbewerbers aus Bangladesch – einig, dass ein stationärer Aufenthalt in einer Psychiatrischen Klinik wohl zunächst die beste Lösung wäre.

14

Wenige Tage später verabschiedete sich auch der Zivi.

Sein Versetzungsantrag war nach mehreren Monaten genehmigt worden.

Zuvor hatte jedoch ein Onkel ein ziemlich formvollendetes Schreiben aufgesetzt: an das Bundesamt für Zivildienst in Köln, an den Herrn, der seinen Antrag über Wochen nicht weitergeleitet bzw. bearbeitet hatte. Und auch eine Kopie an eine „öffentliche" Person – die bei einer Rundfunkanstalt beschäftigt war.

Auch diesen Ablauf fand der Zivi sehr bemerkenswert.

Wie es in Sri Lanka, Südafrika oder Ostanatolien wirklich zuging – das wusste er auch nach acht Monaten Zivildienst nicht.

Was in Deutschland alles möglich war –
dafür reichten 13 Jahre Schulbesuch und
einige Monate Zivildienst wohl auch nicht.

Eine Schulung vor oder zu Beginn oder
während des Zivildienstes hatte er nie
bekommen. Im Gegensatz zu vielen anderen
Zivis.

15

Ob es patriotische Gefühle waren, die ihn dazu veranlassten, die Tassen zu fangen?

Oder sportlicher Ehrgeiz?

Vermutlich empfand der Zivi ein gewisses Maß an Verantwortung gegenüber den Tassen. Die er täglich in die Spülmaschine einräumte. Die er seit mehr als einem halben Jahr kannte. Und die er ausnahmslos als unschuldig einstufte.

Weitere Infos:

facebook.com/GauguinVanGogh

twitter.com/MichAngeloNewGo

©

copyright_michel_angelo@yahoo.de